La pena de Jonás

MONTAÑA
ENCANTADA

Juan Cruz Iguerabide

Ilustrado por Mikel Valverde

La pena de Jonás

EVEREST

JONÁS VA POR LA CALLE, DE LA MANO DE SUS PADRES. SUS PIES CAMINAN, TIP-TAP, TIP-TAP, SIN PISAR LAS RAYAS DE LA ACERA. A LOS PIES DE JONÁS NO LES GUSTA PISAR LAS RAYAS DE LA ACERA.

LA MANO IZQUIERDA DE JONÁS AGARRA LA MANO DERECHA DE SU MADRE. LA MANO DERECHA DE JONÁS AGARRA LA MANO IZQUIERDA DE SU PADRE.

JONÁS SUELTA LAS MANOS, SE GIRA PARA EL OTRO LADO, AGARRA DE NUEVO LAS MANOS DE SUS PADRES, Y CAMINA HACIA ATRÁS, COMO LOS CANGREJOS, TAP-TIP, TAP-TIP.

AHORA LA MANO DERECHA DE JONÁS AGARRA LA MANO DERECHA DE SU MADRE. LA MANO IZQUIERDA DE JONÁS AGARRA LA MANO IZQUIERDA DE SU PADRE.

"QUÉ BIEN SE VA ASÍ", PIENSA JONÁS.

—JONÁS: ASÍ VAMOS MAL —LE DICE SU PADRE.

—ASÍ VOY ESTUPENDAMENTE —CONTESTA JONÁS.

—JONÁS —INTERVIENE SU MADRE, IMPACIENTÁNDOSE—: TE HA DICHO TU PADRE QUE CAMINES DE FRENTE.

JONÁS SE DA LA VUELTA, Y CAMINA DE FRENTE. PIENSA: "MI PADRE NO HA DICHO QUE CAMINE DE FRENTE, ESO LO HAS DICHO TÚ, MAMÁ"; PERO NO SE ATREVE A ABRIR LA BOCA.

ENTRAN EN UNA FARMACIA.
COMPRAN ASPIRINAS Y TIRITAS. LA
FARMACÉUTICA ES AMIGA DE JONÁS.
SIEMPRE LE DA UN BESO, MUA. HOY
TAMBIÉN SE LO HA DADO AL SALIR,
MUA.

EL PELO DE LA FARMACÉUTICA HUELE
A CARAMELO. A JONÁS LE GUSTAN
LOS BESOS DE LA FARMACÉUTICA.

SALEN DE LA FARMACIA. JONÁS
ESTÁ CONTENTO.

CUANDO JONÁS ESTÁ CONTENTO, SE LE HINCHA EL CORAZÓN, YUP. CUANDO A JONÁS SE LE HINCHA EL CORAZÓN, ¡LE ENTRAN UNAS GANAS DE SALTAR…! ENTONCES, SE ECHA UN POCO PARA ATRÁS, TOMA IMPULSO, YUP, Y DA UN GRAN SALTO, COLUMPIÁNDOSE DE LA MANO DE SUS PADRES.

—¡YUPIII…!

A VECES LO HACE SIN AVISAR,
Y LES DA UN SUSTO. ENTONCES,
LOS PADRES SE TAMBALEAN.

ESO LE HACE MUCHA GRACIA A
JONÁS, Y SE RÍE. PERO A SUS PADRES
NO LES HACE NINGUNA GRACIA.

AHORA JONÁS ESTÁ CONTENTÍSIMO. SE ECHA UN POCO PARA ATRÁS, TOMA IMPULSO Y:

—¡YUPIII...!

SE COLUMPIA Y SUBE LOS PIES MUY ALTO.

ENTONCES, LA MADRE SE TAMBALEA. EL PADRE TAMBIÉN SE TAMBALEA, CON TAN MALA SUERTE QUE SE DA UN COSCORRÓN CONTRA UNA FAROLA.

A JONÁS LE DA LA RISA Y SE RÍE, PERO ENSEGUIDA SE CALLA. SU PADRE ESTÁ FURIOSO.

EL CORAZÓN DE JONÁS SE ENCOGE UN POCO. ESTÁ APENADO. NO QUIERE VER A SU PADRE FURIOSO Y CON GESTO DOLORIDO.

A LA MADRE TAMBIÉN LE DA LA RISA
Y SE RÍE, PERO NO SE CALLA.
SIGUE RIÉNDOSE.

EL PADRE SE PONE FURIOSÍSIMO.
RIÑE A LA MADRE, Y LA LLAMA
MONA.

LA MADRE DEJA DE REÍRSE, Y TAMBIÉN SE ENFADA. EL CORAZÓN DE JONÁS SE ENCOGE UN POCO MÁS. ESTÁ MUY APENADO. NO QUIERE VER A SUS PADRES ENFADADOS ENTRE SÍ.

LOS PADRES EMPIEZAN A DISCUTIR,
SIN ALZAR MUCHO LA VOZ, PARA QUE
LA GENTE DE LA CALLE NO LES OIGA:
QUE SI TÚ, QUE SI YO, QUE SI SÍ, QUE SI
NO, QUE MIRA QUE…, QUE VAYA UN…

JONÁS LO OYE TODO. ESTÁ MUY APENADO. SE ACURRUCA CONTRA LA FAROLA Y SE PONE A LLORAR BAJITO. SU CORAZÓN ESTÁ COMPLETAMENTE ENCOGIDO.

LOS PADRES DE JONÁS SE DAN CUENTA. DEJAN DE DISCUTIR Y SE ACERCAN. MAMÁ ACARICIA LA NARIZ DE JONÁS, PAPÁ ACARICIA LAS OREJAS DE JONÁS.

JONÁS DEJA DE LLORAR, Y LOS TRES ECHAN DE NUEVO A ANDAR.

AHORA JONÁS CAMINA, CALLADITO, DE LA MANO DE SUS PADRES. LE CUESTA ARRASTRAR LAS PIERNAS, PORQUE SU CORAZÓN SE HA HECHO PEQUEÑO. CUANDO EL CORAZÓN DE JONÁS SE HACE PEQUEÑITO, SU CUERPO NO TIENE NI FUERZA NI GANAS DE SALTAR.

"LA PENA ES EL ZUMO DEL CORAZÓN, Y ES SALADA", PIENSA JONÁS MIENTRAS SE CHUPA UNA LÁGRIMA QUE LE BAJA POR LA MEJILLA.

CAMINAN Y CAMINAN Y CAMINAN, EN SILENCIO. SE DETIENEN. SEMÁFORO EN ROJO.

SEMÁFORO EN VERDE. ECHAN A ANDAR. DICE LA MADRE:

—PERDONA.

—PERDONADO —CONTESTA EL PADRE—. AHORA PERDONA TÚ.

—PERDONADO —DICE ELLA.

—LA VERDAD, RECONOZCO QUE HA SIDO UN COSCORRÓN MUY GRACIOSO —DICE EL PADRE, Y SE RÍE.

—SÍ. HA SIDO UN COSCORRÓN MUY GRACIOSO —DICE LA MADRE, Y TAMBIÉN SE RÍE.

EL CORAZÓN DE JONÁS SE HINCHA
DE GOLPE. ÉL TAMBIÉN SE RÍE.
EL CORAZÓN DE JONÁS SE HINCHA A
TOPE, YUP. LE ESTÁN ENTRANDO
UNAS GANAS DE SALTAR…, YUP.

SE ECHA UN POCO PARA ATRÁS,
TOMA IMPULSO Y:
   —¡YUPIII…!
SALTA CON TODAS SUS FUERZAS;
CASI SE DA LA VOLTERETA.

LOS PADRES SE TAMBALEAN,
PIERDEN EL EQUILIBRIO, Y CHOCAN
UNO CONTRA OTRO. SUS CARAS
ESTÁN MUY JUNTAS. SE MIRAN. SE
DAN UN BESO, MUA.

JONÁS SONRÍE. SU SONRISA ES
COMO UNA TARTA DE CUMPLEAÑOS.

SEXTA EDICIÓN
© Juan Cruz Iguerabide
© EDITORIAL EVEREST, S. A.
de acuerdo con AIZKORRI ARGITALETXEA, S. M.
Carretera León-La Coruña, km 5 - LEÓN
ISBN: 84-241-7933-1
Depósito legal: LE. 1045-2006
Printed in Spain - Impreso en España
EDITORIAL EVERGRÁFICAS, S. L.
Carretera León-La Coruña, km 5
LEÓN (España)
Atención al cliente: 902 123 400
www.everest.es